ODE

SUR

LA PAIX.

O D E

SUR

L A   P A I X,

AVEC DES CHŒURS;

Précédée d'observations sur la Poésie
lyrique des Anciens, comparée dans ses
effets à celle des Modernes.

PAR LE Général DESPINOY.

Nunc est canendum.

P A R I S,

DE L'IMPRIMERIE DE CH. POUGENS.

AN X. — 1801.

PRÉFACE.

LE nom de paix a retenti jusque dans mon
cœur, et le soldat est devenu poëte. Sur quel
ton, sur quel mode, cependant, chanter cette
paix si salutaire et si glorieuse ? Les anciens
avoient des odes à plusieurs parties, qu'ils
exécutoient dans leurs fêtes solennelles ; la
musique se marioit aux vers, l'expression
du chant ajoutoit à l'harmonie et à la valeur
des paroles ; elle en assuroit la vogue, elle
fondoit en faveur du sujet une espèce de
tradition orale, qui servoit à le perpétuer ;
et je ne doute point que la jeunesse grecque
et romaine ne répétât les plus belles strophes
de Pindare et d'Horace, à-peu-près comme
nous fredonnons nos plus malins vaude-
villes. Voilà la poésie lyrique revêtue de ses
véritables attributs, en possession de plaire

et d'émouvoir ; et remplissant son but d'origine, qui consistoit à chanter les louanges
des dieux, ou des héros ; à consacrer les
grands événemens, ou les grandes actions,
et à imprimer leur souvenir dans la mémoire
des hommes, en charmant leur oreille. Ce
genre, il faut en convenir, a été transporté
parmi nous dépouillé de la plupart de ses
attraits et de ses avantages primitifs ; aussi
depuis Malherbe, qu'on peut regarder comme
le fondateur de l'ode française * , jusqu'à

* Ronsard, qui florissoit sous Henri II, et sous Charles
IX, a introduit le premier dans notre langue, le poème
lyrique revêtu de ses formes anciennes ; et il faut même
avouer, tout en condamnant avec Boileau, le faste pédan-
tesque de ses grands mots,

Et sa muse, en françois, parlant grec et latin ;

que la division pindarique de ses odes, en strophes, an-
tistrophes, épodes, ayant chacune leurs mesures et leur
arrangement particulier, méritoit de l'emporter sur l'uniformité des stances adoptées par Malherbe; mais puisque
ce dernier a éclipsé sans retour son prédécesseur, et que
sa méthode est devenue celle de tous nos poètes, le mérite
que je lui reconnois ici ne sauroit lui être contesté.

J. B. Rousseau, celui de tous les modernes qui l'a portée au plus haut degré de perfection; que de beautés, que de richesses poétiques qui ne sont aperçues que par le petit nombre des gens de lettres; et qui sont en pure perte pour tous les autres! Il y a long-tems qu'on l'a dit, et c'est une vérité trop peu sentie, toute incontestable qu'elle soit, les particuliers lisent, les peuples se contentent de chanter; ainsi, à la réserve du poète dramatique dont les vers ont assez du pouvoir de l'action sur nos sens pour se passer du secours de la musique, tout poète qui aspire à donner aux siens une certaine publicité devroit les couper, et les arranger pour le chant *.

---

* C'est à la formule dont l'Arioste et le Tasse ont fait choix; c'est à la coupe et à l'arrangement lyrique de leurs octaves, que les poèmes de Roland furieux, et de la Jérusalem délivrée doivent cette prodigieuse vogue, qui intéresse encore tous les jours l'Italie entière au sort de leurs héros, et qui fait passer leurs aventures de bouche en bouche, depuis les premières classes de la société jus-

Rousseau , doué d'un goût exquis , confirmé par une étude profonde de la mécanique de notre langue ; Rousseau, plus habile et plus heureux que ses prédécesseurs, essaya de rappeler la poésie lyrique à sa destination, en empruntant la cantate des Italiens, et en la naturalisant en France ! Mais que n'osa-t-il d'avantage ? Comment ce grand poëte , nourri de la lecture des anciens , ne s'est-il pas aperçu que cette sorte de composition n'étoit, à proprement parler , qu'un travestissement, de l'ode telle qu'ils l'ont conçue ! Cette considération le rattachoit à ses premiers maîtres, et pour atteindre à son but, il ne lui restoit plus qu'un pas à faire.

---

qu'aux dernières; que si nous cherchons l'origine de cette grande réputation que l'Iliade s'est acquise , abstraction faite de ses beautés d'invention , peut-être la trouverons-nous également dans la mélodie constante des vers d'Homère, et dans le plaisir que prenoit à les chanter la nation du monde la plus sensible aux charmes de l'harmonie. Veut-on se convaincre de l'importance que les anciens attachoient à la mécanique du langage , qu'on lise Cicéron , Quintilien , Longin , Denis d'Halicarnasse , etc. !

Si, à la monotonie de nos strophes régulières, à cette uniformité aussi contraire aux effets de l'harmonie qu'elle est opposée aux mouvemens des passions, il eût substitué dans ses odes, ces différentes mesures de vers, cette variété de tons, ce mélange de rhythmes lents et rapides qu'on admire avec raison dans ses cantates, au lieu de nous laisser de magnifiques poèmes à lire, ou à réciter, il nous laissoit des poèmes à chanter; et sa réputation s'accroissoit encore des élans de son génie dans cette nouvelle carrière. L'on m'objectera, peut-être, que ses cantates ne se chantent pas plus que ses odes, malgré cette différence de manière; et là dessus, j'entends les admirateurs de ces belles poésies faire le procès aux musiciens pour n'avoir point su trouver jusqu'ici d'expression digne d'elles. L'inculpation peut fort bien n'être pas sans fondement, osons le dire, cependant, la faute n'en est pas moins au poète. Le champ de la fable, ce champ si fertile en images, est presque tou-

jours aride pour le sentiment ; et Pelée triom-
phant des rigueurs de Thétis , Neptune sé-
duisant Amymone , l'Aurore surprenant
Céphale endormi , etc. sont des sujets d'un
intérêt bien étroit et bien médiocre , quelque art d'ailleurs qu'ou mette à les traiter *.
C'est aux grands événemens de son siècle ,
c'est à ces personnages appelés à jouer un
rôle éclatant sur la scène du monde , que le
poète lyrique devroit s'attacher de préférence,
afin de s'immortaliser avec eux et par eux.
Que les allégories , les fictions entrent alors
dans le plan de son édifice ! elles en sont les
plus riches ornemens ; mais ne seroit-il pas
à souhaiter qu'elles n'en composassent jamais le corps , et le goût et la raison ne
gagneroient-ils pas également à cette règle ?

---

* L'on sent bien que le reproche que j'adresse ici à
Rousseau , tombe uniquement sur ses cantates ; ses odes
ne laissent rien à désirer quant au choix des sujets ; et
pourquoi faut-il que son pays ne les lui ait pas fournis
tous ?

Je hasarde une opinion dont je suis loin de
garantir la valeur ; revenons à mon sujet. Ce
que Rousseau n'a exécuté qu'à demi et dans
ses cantates seulement ; j'entreprends de
l'achever dans une ode ; et Racine, l'har-
monieux Racine, sans que j'aie besoin de
recourir aux Grecs ni aux Romains, me
fournit à-la-fois, l'encouragement, l'exem-
ple et le modèle dans son poème sur la
trève de 1684, vulgairement connu sous le
nom d'Idylle de Sceaux. Il introduit des
chœurs dans cette composition, vraiment
originale pour notre langue, j'en fais entrer
dans la mienne ; il emploie tour - à - tour
les reprises, les refreins ; il varie à l'infini
son rhythme, ses cadences, ses périodes ;
je mets en usage tous ces artifices de la
poésie ; mais ses refreins sont amenés si
naturellement, que la chaîne de ses idées
semble en acquérir une nouvelle force ; mais
il parle dans ses vers tantôt le langage tendre
et affectueux du cœur ; tantôt le langage
hardi et sublime du génie, et quelque ton

qu'il prenne, c'est toujours la coupe, le tour, le mouvement, le style par excellence ; je me serois vainement efforcé d'atteindre à cette perfection. J'ai donc pris à Racine quelque chose de sa forme, mais c'est tout ce que j'ai pu lui dérober, du reste mon dessein a été de l'imiter, et non de le copier servilement, encore moins ai-je eu l'orgueilleuse prétention de rivaliser avec un si grand maître. Si mon sujet est le même que le sien ; s'il est de ces événemens dont l'importance ne sauve pas toujours celui qui s'y attache du reproche de plagiat ou de trivialité : à qui s'en prendre qu'à l'ordre immuable et universel des choses ? Soyons justes, d'ailleurs, outre les nuances qu'établissent nécessairement le but particulier à chaque auteur, sa manière d'envisager et de peindre les objets; de ce que la guerre et la paix datent de l'origine des sociétés, s'ensuit-il que toutes les batailles, et tous les traités se ressemblent ? Le fond des événemens demeure le même, si l'on veut; mais les circonstances qui les accompagnent changent, et ce sont ces accessoires dont la main d'un artiste compose sans beaucoup de peine une nouvelle bordure qui rajeunit le cadre le plus usé. Que plaidé-je ici, sinon la cause des auteurs en général ! J'ai fait un essai, je le répète, et jamais essai ne fit autorité. J'en ai assez dit, sans doute, pour donner l'intelligence de mon travail au lecteur et au musicien même; il ne me reste plus qu'à manifester l'intention dans laquelle j'ai écrit cette Préface. Je désirerois que mes idées sur l'ode, recueillies par une plume plus exercée que la mienne, et reproduites avec tous les développemens dont elles sont susceptibles, servissent comme de matériaux pour sa restauration ; je voudrois qu'une nouvelle route s'ouvrît devant les véritables poètes, devant ces hommes qui ont reçu de la nature ce génie privilégié, et cette voix imposante dont parle Horace *,

---

* Ingenium cui sit, cui mens divinior, atque os
Magna sonaturum.

HORAT. lib. 1, sat. 4.

que la poésie lyrique enfin , ramenée par eux
à son institution primitive, contribuât tour-à-
tour à la célébration de nos fêtes , à la com-
mémoration de nos victoires , à la louange
de mes compagnons d'armes ! Mes vœux
seront-ils remplis ? méritent-ils en effet de
l'être ? il ne m'appartient point de rien pré-
juger sur cette question. Quel que soit leur
succès ; il m'est toujours assez doux , après
avoir payé à mon pays la dette du soldat , de
pouvoir lui offrir encore le tribut de l'homme
de lettres ; et cette satisfaction également
étrangère aux calculs de l'intérêt personnel ,
et aux suggestions de l'amour-propre , rien
ne peut me la ravir.

ODE

SUR

LA PAIX.

Q u e l s prodiges nouveaux éclatent sur ces bords ?
Pour qui gronde au loin le tonnerre ?
D'où naissent ces bruyans accords ?
Peuples, voyez s'enfuir le démon de la guerre,
La paix descend du céleste séjour,
L'aimable paix vient consoler la terre,
Chantez, chantez, célébrez son retour.

C H OE U R.

La paix descend du céleste séjour,
Chantons, chantons, célébrons son retour.

O jours brillans ! ô jours prospères !
Quels destins nous sont préparés !
Nos exploits ont passé les exploits de nos pères,
Et voici nos maux réparés !
O jours brillans ! ô jours prospères !
Les dieux ont eu pitié de nos longues misères !

C'ᴇɴ est fait, le Danube a vu dompter ses flots ;
La Tamise consent à s'unir à la Seine ;
Et l'univers, dix ans fatigué de leur haine,
Dans leur repos enfin va trouver son repos.
La Tamise consent à s'unir à la Seine,
  Les jours du bonheur sont éclos.

  Tᴏᴜᴛ s'émeut des monts de Pyrène
  Aux monts qui ceignent le Léman,
Des plaines de Memphis, aux plaines d'Orbassan,
Et de la mer d'Azof, à la mer de Tyrrhène ;
Tout tressaille à l'aspect de ce rapprochement,
Et je vois des humains la race languissante,
  Avec transport, en son ravissement,
Applaudir au héros dont la main triomphante
  Calme l'un et l'autre élément.

  O jours brillans ! ô jours prospères !
  Les dieux sont satisfaits ;
  A leurs châtimens sévères,
  Ils égalent leurs bienfaits ;
Goûtez, peuples, goûtez les douceurs de la paix ;
Soyez vengés de vos longues misères !

C H OE U R.

Goûtons, goûtons les douceurs de la paix ;
Soyons vengés de nos longues misères !

Hatons-nous, connoissons le prix
Des biens charmans que le ciel nous dispense,
Et puissent de ces biens tous les mortels épris,
Ne former plus qu'une famille immense !
Des poisons dont la haine infecta leurs esprits,
Puissent-ils étouffer jusques à la semence !

Séchez vos pleurs,
Jeunes amantes ;
Mères gémissantes,
Calmez vos douleurs ;
Epouses tremblantes,
Bannissez vos terreurs.

Mars en la fleur de leur jeunesse,
L'impitoyable Mars ne moissonnera plus
Les objets de votre tendresse ;
Que dis-je ! à vos soupirs , à vos pleurs assidus,
Les Dieux les ont rendus.
La discorde en fureur cherche en vain des victimes;
Ses flambeaux sont éteints, ses antres sont déserts ;
Et de ses zélateurs pervers
Les vœux impurs , les vœux illégitimes
Se sont dissipés dans les airs.
La discorde en fureur cherche en vain des victimes;
La paix , l'aimable paix, s'oppose à tous ses crimes.

Changez troupe fidèle, en des concerts heureux ;
Changez vos soupirs douloureux.

CHOEUR.

La discorde en fureur cherche en vain des victimes ;
La paix, l'aimable paix, s'oppose à tous ses crimes.
Changeons, changeons nos soupirs douloureux,
En des chants de triomphe, en des concerts heureux.

ENTENDEZ-VOUS le bruit des trompettes guerrières ?
Entendez-vous les cris qui vous sont adressés ?
Voyez-vous dans ces rangs, de fer tout hérissés,
Flotter ces pompeuses bannières ?
Les voilà, ces héros que vos yeux ont pleurés,
Ces enfans, ces époux, ces amans adorés.

COUREZ, volez, que tout s'empresse !
Volez à leurs embrassemens,
Signalez vos transports, montrez votre alégresse,
Ne craignez point d'offrir en ces heureux momens
Le spectacle de votre ivresse !

CHOEUR.

La paix descend du céleste séjour,
La paix sourit aux transports de l'amour.

Et vous, amans des filles de mémoire ;
Vous dès l'enfance, à leur culte voués,
Qu'attendez-vous pour consacrer la gloire
De ces héros du ciel même avoués ?
Cédez, il en est tems, au feu qui vous inspire,
Saisissez, à l'envi, les pinceaux, le burin,
Sous vos doigts éloquens faites parler la lyre ;
  Animez la toile et l'airain.

Arbitre de la paix, arbitre de la guerre,
Que la France par vous soit la reine des arts !
  Que Paris de toute la terre
  Désormais fixe les regards !
  Et que la Rome des Césars
Porte envie aux trésors que cette Rome enserre
  Dans ses magnifiques remparts !

Ils sont venus, ces tems fertiles en merveilles,
 La paix descend du céleste séjour ;
La paix aime les fruits de vos savantes veilles,
 Par vos travaux illustrez son retour.

CHOEUR.

La paix descend du céleste séjour,
Par nos travaux illustrons son retour.

CHOEUR GÉNÉRAL.

O siècle heureux ! ô jours prospères !
Quels destins nous sont préparés !
Nos exploits ont passé les exploits de nos pères !
Et voici nos maux réparés.

F I N.